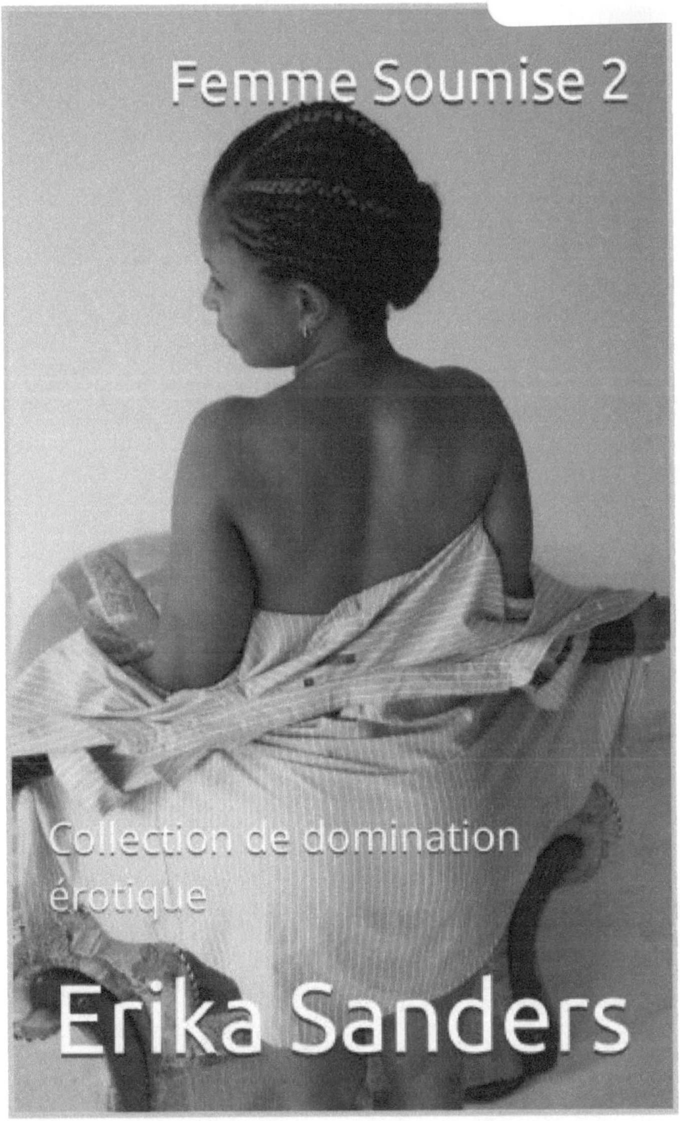

Femme Soumise 2

Collection de domination érotique

Erika Sanders

ERIKA SANDERS

Femme Soumise 2
Erika Sanders

Collection de domination érotique Vol. 16

Synopsis

Une épouse et mère blanche décide enfin de se livrer à son fantasme le plus profond, le plus ancien et le plus pervers avec une fille noire...

Femme soumise 2 est une histoire à fort contenu BDSM érotique et, à son tour, appartenant également à la collection Erotic Domination, une série de romans à fort contenu BDSM romantique et érotique.

(Tous les personnages ont 18 ans ou plus)

Remarque sur l'auteure:

Erika Sanders est une écrivaine de renommée internationale, traduite dans plus de vingt langues, qui signe ses écrits les plus érotiques, loin de sa prose habituelle, de son nom de jeune fille.

Indice:

FEMME SOUMISE 2
ERIKA SANDERS

11

CHAPITRE I

Avec précaution, je borde mes enfants dans le lit, tirant les couvertures sur leurs épaules et leur embrassant le front pour leur souhaiter bonne nuit. Mon Dieu, ils ressemblent à de tels anges qui s'endorment. Je me tiens un instant au-dessus d'eux, regardant leurs visages paisibles et commence à les envier. Leurs vies sont si simples à ce stade, pas comme la mienne. Oh, je les enviais.

En éteignant la lampe, je referme lentement la porte derrière moi, en faisant attention de ne pas faire de bruit. En descendant le couloir, je tombe sur ma chambre, où mon merveilleux mari dort profondément. Je soupire de contentement à la vue, si heureux d'avoir un homme comme lui. J'ai vraiment de la chance d'avoir la famille que j'ai. Avoir une maison comme celle-ci, une superbe voiture et un bon travail. Pourtant... Il a toujours manqué quelque chose. Quelque chose dont j'ai secrètement rêvé pendant très, très longtemps. Quelque chose que je ne peux plus continuer sans essayer au moins une fois.

Avec les sentiments les plus coupables, je retire mon sac de la table de chevet et ferme soigneusement la porte de la chambre. Je fais le moins de bruit possible en me déplaçant vers l'avant de la maison. Il faut beaucoup de courage pour tourner ce bouton, mais je le fais.

Pendant vingt minutes, je conduis à travers la ville. Même si je sais où je vais, je me sens toujours perdu. C'est un grand pas que je fais. Jusqu'à présent, tout était dans ma tête. Mes rêves, mes fantasmes. Le tout caché en toute sécurité à l'arrière de mon cerveau tordu depuis le lycée. À l'époque où 'Elle' l'a inséré pour la première fois.

Je laissais ma famille derrière moi, ne serait-ce que brièvement, pour enfin réaliser les désirs de ce jour si lointain.

En tournant le coin, je les vois instantanément. De jeunes femmes à peine vêtues de la nuit se promenant dans la rue. Blanc, Asiatique, Noir ou Hispanique. Tous se disputent l'attention des différentes voitures teintées sombres qui passent à leurs côtés. Je reste au coin de la rue, ma voiture tournant au ralenti alors que je fixe les femmes, cherchant celle que je suis ici pour voir.

"Dernière chance", je me murmure. Je n'avais toujours pas à le faire. Autant que ma chatte suppliait de pousser la voiture vers l'avant, mon cerveau me suppliait de tourner le volant. Pour retourner auprès de mes enfants, mon mari, ma maison. Être une femme normale qui n'avait pas besoin de réaliser ses fantasmes de trempage de culotte.

J'aurais peut-être écouté mon cerveau si je ne l'avais pas vue un instant plus tard. Le teint foncé de la fille que j'étais venue voir était indubitable. La fille que je regardais arpenter ces rues depuis près d'un mois. La fille noire que j'avais choisie pour abuser de mon corps ce soir comme la fille noire du lycée ne l'avait jamais fait.

En éteignant mon cerveau, mon pied appuie sur le gaz. Au coin de la rue, je rapproche de plus en plus la voiture. Je pouvais clairement voir qu'elle portait sa tenue de rue typique. Micro-jupe étreignant son cul, haut tube rose moulant révélant chaque courbe et bosse de ses seins, et bien sûr ces talons hauts rouges brillants.

Je suis presque sur elle quand elle se tourne enfin vers moi et remarque le SUV vert qui roule à côté d'elle. En appuyant à fond sur les freins, la voiture s'arrête juste au moment où elle tape sur la vitre du passager. Avec une dernière profonde inspiration, j'appuie dessus.

Je peux voir le regard surpris quand elle voit qui est le chauffeur, clairement pas en attente d'une femme. Elle prend un moment pour regarder sur le siège arrière pour voir s'il y a quelqu'un d'autre, puis me regarde.

"Vous cherchez du bon temps ce soir Madame?"

Je hoche timidement la tête, trop nerveuse pour savoir quoi faire d'autre.

Elle ouvre avec désinvolture la porte non verrouillée et entre. Je suis étonné que je sois allé aussi loin, avec une prostituée dans ma voiture. La seule question qui reste à savoir est de savoir si elle ferait réellement ce que je demande une fois que je lui ai dit. Si elle peut regarder au-delà de la nature étrange de ma demande et satisfaire ce que j'attends d'elle.

« Ici ou ailleurs ?

Je la regarde bêtement, mentalement trop bourdonné pour réagir à sa question.

"Tu veux te faire foutre dans la voiture ou ailleurs ?"

"Un autre endroit." je murmure, reprenant légèrement mes esprits.

"D'accord, mais vous payez aussi la chambre."

Je hoche la tête, puis lui permets de me diriger quelques pâtés de maisons jusqu'à ce que nous arrivions à un modeste complexe de motel. Pendant tout le temps que je conduis, je peux la voir me regarder du coin de l'œil. Je peux dire qu'elle essaie de me comprendre et de découvrir à quel jeu je pourrais jouer. Pourquoi cette femme blanche d'apparence normale dans un SUV demanderait-elle les services d'une fille comme elle ?

Pendant qu'elle attendait dehors, je suis allé dans le hall pour avoir une chambre. Le gars a dû voir à quel point j'étais nerveux lorsque ma main tremblante a signé pour la chambre et lui a pris la clé. Heureusement, il n'a pas pris la peine de poser des questions sur mes problèmes.

CHAPITRE II

La chambre n°05 était ce qu'il m'avait donné. La fille attendait juste à côté de moi alors que je tentais de déverrouiller la porte. À présent, elle avait perdu sa curiosité envers moi et attendait avec impatience que j'en finisse. Pendant un bref instant, j'envisage de reculer, questionnant la folie de mes actions. Qu'est-ce que je faisais ici ? Avais-je vraiment besoin de cette femme noire pour assouvir mon fantasme le plus profond, le plus ancien, le plus pervers ? La masturbation n'était-elle plus suffisante ?

Avant de pousser la porte, je me retourne une dernière fois et vois son joli visage noir. Non, la masturbation ne me suffirait plus.

J'étais toujours aussi nerveux alors qu'elle était assise là sur le lit en silence, m'étudiant, essayant de comprendre si j'étais légitime ou juste aussi fou que j'en avais l'air. Je ne pouvais pas m'empêcher de gigoter alors qu'elle me regardait depuis le coin du lit, me faisant me sentir comme un imbécile. Qui demande de telles choses ? C'était faux.

"Vous voulez que je fasse quoi?"

Je savais qu'elle ne comprendrait pas tout de suite. C'est tellement compliqué, mais tellement enfantin.

"Je... veux que tu... (j'ai pris une autre gorgée d'eau) ... me dominer !"

Encore une fois, elle me fixa, essayant probablement de se faire une image de mon absurdité dans son esprit. Il ne se formait pas assez rapidement.

"Eh bien, comme comment?"

Mon Dieu, j'espérais qu'elle ne poserait pas trop de questions. Je viens de la payer et elle me dominerait. Qu'est-ce qui est si difficile à comprendre ?

"Je veux que tu me traites... comme... (j'ai retenu mon souffle)... de la saleté !"

Un sourire se dessina sur son joli visage jeune. Un sourire qui me disait qu'elle aimait ce qu'elle entendait, même si c'était si étrange. Puis le sourire se transforma en un sourire de plus grande curiosité.

"Pourquoi"

« Oh, s'il vous plaît, devons-nous en discuter ? Je suis prêt à payer... »

"Madame, ce n'est pas tous les jours qu'une femme blanche à l'allure chic avec un SUV me demande de la traiter comme de la merde. Quel est le piège ?"

Attraper? Cette fille veut savoir s'il y a un hic ? Ne peut-elle pas simplement dire oui ? Ne peut-elle pas simplement accepter de me punir comme cette salope noire du lycée aurait dû le faire ?

« Soit tu me dis pourquoi tu es vraiment là, soit je sors d'ici !

Sur ce, elle se leva et se dirigea vers la porte.

"ATTENDRE!" J'ai pleuré après elle. Je n'ai pas été aussi proche pour me faire refuser. "S'il vous plaît ne partez pas."

Elle se retourna et me regarda directement.

"Je... j'ai ce... fantasme..."

"Oui?....."

"C'est à propos de cette fille que j'ai connue au lycée. Une fille noire."

"Continue!" Elle haussa un sourcil de curiosité tandis que je baissais honteusement mon regard vers le sol.

"Eh bien, elle et moi... eh bien... nous ne nous sommes jamais vraiment entendus. Vous voyez qu'elle était l'une des rares filles noires de l'école à l'époque et eh bien, mes copines et moi nous moquions d'elle sans cesse."

"Cela ne semble pas très gentil de ta part." Elle semblait maintenant un peu perturbée.

"Oui, eh bien... c'est ce que les jeunes filles font aux autres qui ne s'intègrent pas exactement."

"Vous n'êtes pas obligée de me le dire, madame. J'ai grandi en entendant les conneries que les femmes blanches disent dans notre dos."

Un picotement monta le long de ma colonne vertébrale à ces mots. Je commençais à avoir un peu peur de l'offenser. Pourtant, le regard dans ses yeux m'a dit que je ferais mieux de continuer à m'expliquer.

"Je... je pense que j'ai peut-être été la pire avec elle. J'ai toujours été l'une des premières filles à commencer quelque chose, à se moquer de ses cheveux, de ses vêtements, de son visage, de son passé..."

« Et elle l'a juste pris ? Elle n'a jamais essayé de se venger de toi ? Je pouvais définitivement sentir la colère dans sa voix.

"Non, jamais. Jusqu'au jour où ça l'est."

La jeune prostituée retourna lentement vers le lit où elle était assise sur le bord, maintenant apparemment prête à comprendre la vraie raison pour laquelle nous étions tous les deux ici. Elle me regarda avec un intérêt renouvelé.

"C'est arrivé un jour où j'ai été particulièrement méchant avec elle. Mes amis et moi ne pouvions tout simplement pas la laisser seule dans l'un de nos cours et je pouvais dire qu'elle était à la fois malheureuse et en colère contre nous pour l'avoir fait. Pourtant, aussi naïf que J'étais, je ne pensais pas à quel point nous la rendions furieuse. J'aurais dû le voir venir, mais je n'étais tout simplement pas préparé à ce qu'elle avait prévu après l'école.

Je pouvais voir qu'elle était maintenant très intéressée par mon histoire.

"D'habitude, mes deux meilleurs amis et moi rentrions à la maison à travers les champs à l'arrière de l'école. Nous vivions pas trop loin de là et c'était généralement une marche assez rapide. Je suppose qu'elle savait que nous reviendrions par là ce jour-là. ."

"Et ? Est-ce qu'elle t'a finalement appris une leçon de salope ?"

Un autre frisson parcourut mon corps. Je savais quelle était la réponse à sa question. J'y ai pensé toute ma vie d'adulte.

« Non, elle ne l'a pas fait !

La putain était juste assise là à me regarder, attendant plus d'explications.

"Plus tard dans la journée, alors que nous tournions le coin de l'école, elle nous a surpris tous les trois par derrière. Tout ce que j'ai entendu, c'était crier mon nom, et au moment où j'ai fini de me retourner, une main noire m'avait frappé FORT sur mon J'ai vu des regards alors que je trébuchais en arrière. La prochaine chose que j'ai su, c'est que j'étais poussé durement contre un mur, son visage à quelques centimètres du mien. Mes deux amis étaient recroquevillés sur leurs genoux, leurs joues rouges également.

Un sourire provocateur est allé d'une oreille à l'autre sur la prostituée noire, approuvant manifestement les actions entreprises jusqu'à présent par l'héroïne noire dans mon histoire.

"J'ai essayé de la repousser, de la repousser loin de moi. Mais après plusieurs autres gifles, j'avais les larmes aux yeux et j'étais totalement impuissante. Quand j'ai senti ses doigts autour de mon cou, mon attention était complètement la sienne."

« Qu'est-ce qu'elle a fait d'autre ?

« Pas grand-chose d'autre physiquement. Elle a simplement tenu mon cou fermement dans sa main alors qu'elle me réprimandait. Maudissant mes amis et moi, nous traitant d'horribles noms horribles.

"Dites-moi comment elle vous appelait les filles."

"Elle... nous a appelés... Stupides chattes blanches racistes !

La putain hocha la tête d'un air approbateur. Je savais juste que mes chèques étaient rouges de honte.

« Au moment où elle a fini de crier, elle m'a assuré que je ne la dérangerais plus JAMAIS. Lâchant mon cou de son emprise, je suis tombé à genoux où elle m'a craché dessus avant de passer devant mes amis.

"ET ?"

"Et je ne l'ai plus jamais dérangée."

Je pouvais voir le regard de déception dans ses yeux. Elle, comme moi, espérait clairement qu'il y aurait plus dans l'histoire.

« Alors dites-moi, madame. Pourquoi sommes-nous tous les deux dans cette chambre de motel ce soir ?

"Parce que... eh bien... quand je suis tombé à genoux, mon... je veux dire... j'étais... mouillé !" Elle a juste continué à me fixer, pas un changement dans son expression. « Et... mes mamelons étaient... durs ! Toujours pas d'expression de changement sur son visage. "Depuis, je n'ai jamais pensé qu'à ce jour-là. Ses doigts autour de mon cou avec son visage à quelques centimètres du mien, sa voix résonnant dans mes oreilles, mes amis en larmes sur le sol. Mon Dieu, elle semblait si puissante, si dominante sur moi. Je me sentais si faible, si pathétique, si... impuissant devant elle. Depuis que j'ai rêvé, non... masturbé aux pensées de et si. Et si elle avait décidé de vraiment m'enseigner un leçon pour être un.... "Connard blanc raciste stupide" ? Et si elle m'avait puni comme je l'ai fantasmé toutes ces années ? Et si ? C'est pourquoi je suis ici avec toi ce soir.

Je la regardai d'un air suppliant, essoufflé par le déversement de mots émotionnels que je venais de prononcer. Pourtant, son visage est resté tout le temps inchangé, impassible.

CHAPITRE III

Pendant une minute, nous nous regardâmes tous les deux. Je devenais très nerveux. Elle doit sûrement penser que je suis fou. Elle doit sûrement se rendre compte de la nature perverse de ma demande. Quelle femme voudrait qu'une autre abuse d'elle, noire ou blanche, pour de l'argent ou gratuitement ?

Finalement, un sourire narquois apparut sur son magnifique visage.

"Enlève ton chemisier."

J'ai retenu mon souffle pendant un moment. Voulait-elle juste que je l'enlève ? Est-ce que cela signifiait qu'elle était réellement d'accord pour le faire ?

L'air sévère sur son visage attira instinctivement mes mains vers mes boutons. Pendant tout le temps que je déboutonnais, tout ce que je pouvais faire était de la regarder, essayant d'avoir une idée de ce qu'elle pensait. Mon chemisier est tombé et a atterri à mes pieds sur le sol. Ses yeux se concentrant immédiatement sur ma poitrine couverte de soutien-gorge.

"Enlevez-le."

Avec un soupir électrique, je tendis la main en arrière et détachai mon soutien-gorge par derrière, le tirant vers l'avant et laissant mes seins blancs pâles tomber librement. Instantanément, un sourire narquois apparut sur son visage alors qu'elle regardait la taille de mes seins. Pour la première fois depuis le lycée, je me sentais impuissant devant une femme noire.

J'ai laissé le soutien-gorge tomber de mes mains.

Sans quitter ma poitrine des yeux, elle se leva du lit et se dirigea lentement vers l'endroit où je me tenais. A présent, je tremblais distinctement devant elle.

Un gémissement s'échappa de mes lèvres quand ses mains chaudes et douces prirent les deux orbes charnues. J'admets librement à quel point c'était agréable d'être caressé de cette manière délicate. Fermant les yeux, je me tenais là passivement alors que je la laissais jouer avec eux, sentant ses doigts errer, avant de trouver leur chemin vers le centre de chaque sein, vers les mamelons durs comme le roc que je savais implorer pour attirer l'attention. Mon Dieu, avais-je besoin de ça. Même sans les fantasmes, j'en avais tellement besoin.

"Quatre cents dollars." J'ouvris les yeux et la regardai.

J'avais presque oublié cette partie, la négociation. Alors que ses doigts se serraient autour de chaque mamelon, je n'étais guère en position d'être en désaccord avec son prix. Paresseusement, j'ai hoché la tête.

« Tu es fou tu sais ça ?

Encore une fois, j'ai hoché la tête d'un air hébété. Je l'étais sûrement.

Lâchant mes mamelons, elle revint au bord du lit et reprit sa place dessus.

« D'abord tu paies ! Je ne veux pas que tu te plaignes après que j'ai été trop dur avec toi.

Je me dirigeai rapidement vers mon sac à main à travers la pièce. Je voulais que cela commence le plus tôt possible. Pendant que je bougeais mes seins se trémoussaient assez comiquement j'en suis sûr. Me penchant, je pris mon sac à main sur la chaise et l'ouvris, en sortant quatre billets de cent dollars nets. Revenant vers elle, elle me les prit des mains.

"Vous savez que je ne vous comprendrai jamais, vous les femmes blanches", a-t-elle dit d'un ton moqueur en tenant les billets à la lumière, vérifiant s'ils étaient réels. "Toujours agir comme si vous étiez le sommet du pool génétique", Elle a placé les billets dans son haut, entre son décolleté sombre. "seulement pour se présenter ici en suppliant d'avoir ...."

Elle s'arrêta au milieu de sa phrase, remarquant pour la première fois le tremblement de mon corps. Elle pouvait voir à quel point j'étais nerveux.

"Es-tu sûr de vouloir faire ça?" demanda-t-elle, pour la première fois avec une pointe de compassion. Je hochai la tête d'un air suppliant, la regardant droit dans les yeux. J'avais besoin de ça plus qu'elle ne le savait.

Avec un soupir d'indifférence, elle m'a dit de mettre mes mains derrière ma tête. Mon estomac tremblait en fait avec mes tentatives infructueuses de respirer normalement. C'était enfin, réellement arrivé. Tous mes fantasmes, tous mes rêves, j'allais enfin les vivre.

Avec mes mains jointes au-dessus de mon cou, mes seins se sont levés vers elle.

"Mendier!"

Je cligne des yeux plusieurs fois vers elle. Mendier? Mais... mais je la payais ?

"S'il vous plaît, ne m'obligez pas." Je gémis, réalisant à quel point ce serait embarrassant de le faire.

"Pas de mendicité, pas de jeu !"

Je regardai son visage, une petite larme s'accumulant dans mon œil droit.

"S'il vous plaît....Maîtresse, voulez-vous...vous..."

« MAÎTRESSE ? HAH, personne ne m'a jamais appelée comme ça avant. J'aime ça, dis-le encore !

"S'il vous plaît Maîtresse, pourriez-vous gentiment ...... me punir?" J'ai regardé ma poitrine vers les deux orbes blancs qui se balançaient. Les deux mêmes orbes que mon mari adore caresser et caresser. Les mêmes seins dont j'ai toujours été fier. Les deux mêmes seins que j'offrais maintenant aux mains d'une prostituée noire d'une vingtaine d'années.

« Punir quelle dame ? Laquelle des vôtres voudriez-vous que je punisse ?

Il n'y avait plus aucune raison de cacher des faux-semblants. Je la payais pour abuser de mon corps, et il était temps de lui dire de faire exactement cela.

« Mes seins, Maîtresse ! S'il vous plaît, punissez-les ! »

J'entendis un rire s'échapper de ses lèvres.

"Mais ce sont de si jolies choses blanches. Pourquoi voudriez-vous les rendre toutes rouges et douloureuses?"

« S'il vous plaît, faites-leur juste du mal ! » Je n'arrivais pas à croire que je mendiais autant pour ça. N'avait-elle pas quatre cents dollars dans son haut pour ses ennuis ?

"Pas jusqu'à ce que la jolie dame blanche me dise pourquoi elle veut qu'une pute noire frappe ses mignons petits seins !"

"Parce que parce que..."

"Parce que ?"

« PARCE QUE JE SUIS UNE CONNETTE BLANCHE RACISTE STUPIDE !

(GIFLER!)

Les mots sortaient de ma bouche comme par magie. Je ne pensais même pas avoir le courage de les dire. Pourtant, au moment où je l'ai fait, un halètement s'est rapidement échappé de mes lèvres alors qu'elle frappait mon sein gauche avec sa paume ouverte, totalement non préparée à la douleur cuisante qui montait dans mon cerveau. Elle s'arrêta, permettant à mes seins de finir de s'agiter sur ma poitrine. J'ai toujours su que les seins étaient sensibles, mais...

(BATTRE)

Cette fois, mon sein droit s'agita tandis que je mordais ma lèvre inférieure.

"S'il vous plaît, plus!" J'ai croassé.

(CLAPE)...(CLAPE)

Le sein gauche, puis le sein droit se balançaient alors qu'elle délivrait deux coups d'une force égale. J'ai instinctivement laissé tomber mes mains sur mes seins triples, les amenant dans ma poitrine. J'ai essayé d'enlever la douleur d'eux, mais ils piquaient toujours douloureusement. Ma bourreau payée s'est assise patiemment jusqu'à ce que je place à nouveau mes mains derrière ma tête, offrant mes seins rougissants pour plus de sa punition.

"Est-ce que c'est ce qui est censé arriver aux salopes blanches racistes quand elles croisent des femmes noires ? Est-ce que leurs gros seins blancs sont censés se faire gifler pour leur donner une leçon ?"

J'ai hoché la tête d'un air hébété.

(CLAPE)(CLAPE)(CLAPE)(CLAPE)

Je gémis douloureusement alors que mes genoux s'affaiblissaient. Je lutte pour rester debout, les mains derrière moi. La douleur était irréelle, mais je me suis jamais senti aussi vivant !

(SLAP)(SLAP)(SLAP)(SLAP)(SLAP)

Des larmes coulaient sur mes joues alors que mes seins volaient dans tous les sens au rythme de ses mains qui claquaient. Le poids sur ma poitrine se déplaçant constamment à cause des abus lourds. J'ai réussi à fermer les yeux et à m'imaginer à nouveau sur ce terrain. Mes amis sur l'herbe sous le choc et en larmes, regardant la chienne noire détestée saisir mon cou contre le mur, ses mains venant sur ma poitrine exposée, m'enseignant la leçon que je n'ai jamais reçue.

"Est-ce que c'est ce que tu voulais? (SLAP) Est-ce que c'est ce que tu voulais que cette fille noire rebelle te donne? (WHACK) Pour t'humilier devant tes amis en frappant tes seins blancs moelleux jusqu'à ce que tu en redemandes?"

"OUI MAÎTRESSE!!!"

(CLAPE)(CLAPE)(CLAPE)(CLAPE)

Je n'en pouvais tout simplement plus. La douleur écrasante m'a finalement submergé et avec un dernier cri de désespoir, j'ai laissé tomber mes mains sur mes seins rouges et endoloris et je me suis courbé, tombant à genoux dans un torrent de larmes.

J'ai dû être sur le sol pendant quelques bonnes minutes, pleurant et me frottant les seins pour me soulager. Pendant tout ce temps, elle s'est simplement assise sur le bord du lit, inspectant ses ongles pour tout dommage. Après quelques minutes de plus, j'ai été surpris par la sensation de sa main sous mon menton, le soulevant pour la regarder à nouveau dans les yeux. Nous nous regardâmes un instant, mes pleurs réduits à des pleurnichements irréguliers au moment où elle parla enfin.

« Tu mérites ça, n'est-ce pas ? »

J'ai hoché la tête oui.

"Stupide chienne blanche !"

J'ai de nouveau hoché la tête.

Tenant toujours mon menton, elle se pencha en avant et m'embrassa passionnément sur les lèvres. Je fermai les yeux et laissai sa langue couler dans la mienne, appréciant son exploration de ma bouche. Mes bras tombent bientôt mollement à mes côtés, exposant à nouveau mes seins encore douloureux.

Après environ vingt secondes, elle a tiré son visage en arrière et m'a de nouveau regardé dans les yeux.

« Est-ce que cette stupide connasse raciste a déjà appris sa leçon ?

Je secouais la tête.

Un autre sourire cruel apparut sur son visage.

CHAPITRE IV

"Au-dessus de mes genoux !"

Lentement, je me levai du sol et me mis à ramper sur ses genoux, mais elle m'arrêta rapidement. Quand elle a pointé ma jupe, j'ai su ce qu'elle voulait en premier. Avec seulement un moment d'hésitation, j'ai commencé à faire glisser ma robe jusqu'à mes chaussures, permettant à ma culotte de suivre rapidement. Mes chaussures et mes chaussettes se sont également retirées, de sorte que seule mon alliance est restée sur mon corps. Je l'ai laissé pendant que je m'allongeais soigneusement sur ses magnifiques jambes noires. Je me délectai de la sensation de mon ventre glissant sur eux jusqu'à ce que mon cul soit juste en dessous d'elle. Mes seins se pressaient inconfortablement contre les couvertures du lit alors que j'attendais son prochain désir punitif.

Mais je devrais attendre. Tout en se préparant à sa main qui frappait, elle s'est plutôt posée doucement sur mes joues. Avec une délicatesse que seule une femme peut connaître, elle a commencé à caresser mon derrière charnu. Je fermai les yeux et appréciai le doux besoin et le glissement de ses doigts, sentant parfois ses ongles chatouiller dessus.

"Dis-moi petite fille, quand la dame blanche a été méchante avec cette pauvre fille noire de l'école, est-ce qu'elle s'est secrètement excitée?"

Je n'ai pas répondu, ne sachant pas exactement d'où cela venait.

« Réponds-moi petite fille. Est-ce que tu descendais à chaque fois que toi et tes salopes blanches snobs vous moquiez d'elle ?

"Oui...oui..."

(SLAP) J'ai haleté de la surprise de tout cela. Sa main s'était rapidement et silencieusement levée de mes fesses et était revenue avec force. Je n'avais aucune idée de comment elle savait. Comment pouvait-elle dire que j'étais excité de me moquer de cette salope à l'époque ?

"Je savais que tu étais une salope. Je savais que ta chatte blanche ne pouvait s'empêcher de crémer avec puissance après avoir humilié une fille noire. Toutes les femmes blanches sont pareilles, devenant toutes chaudes en pensant que tu es meilleure que nous!" (GIFLER!)

"OWW... Maîtresse, je suis désolé..."

(SLAP) "Tais-toi cochon! Ce n'est pas ta faute, c'est dans ton sang. Tu ne peux pas t'empêcher d'être des salopes racistes. Mais c'est la même raison pour laquelle tu es devenu encore plus excité quand elle a riposté, n'est-ce pas?" (GIFLER)

Je gémis douloureusement dans le lit. Mon absence de réponse était une preuve suffisante de sa question. Tout était vrai. J'étais une jolie fille blanche et elle avait été une fille noire de basse classe. J'étais censé être meilleur qu'elle. J'ai été élevé pour être meilleur. Pourtant, avec mon cou impuissant pris au piège dans sa main, mes vêtements impuissants sur le sol, j'étais à sa merci. Cette fille noire aurait pu avoir son chemin avec moi et ce pouvoir m'a poussé à la soumission.

(GIFLER)

"Cela t'a excité d'avoir les tables tournées. Ça a rendu ces petits nœuds tout durs, n'est-ce pas? Ça a rendu cette chatte rose toute humide et mouillée d'être montrée par une fille noire? N'est-ce pas, salope?"

"YEESSSS MAITRESSE !!!!"

(CLAPE)(CLAPE)(CLAPE)

"Mais la pauvre femme blanche pathétique en voulait plus, n'est-ce pas? (SLAP) Elle voulait être humiliée (SLAP) et abusée (SLAP) et transformée en garce de fille noire (SLAP) n'est-ce pas?"

"Oui Maîtresse S'IL VOUS PLAÎT! S'il vous plaît, faites de moi votre chienne! Abusez-moi, humiliez-moi. Je le mérite tellement. S'il vous plaît !!!!!!"

(CLAPE)(CLAPE)(CLAPE)(CLAPE).....

J'ai perdu le compte du nombre de coups sur mon cul autrefois blanc. Tout ce que je savais, c'est que je revivais pleinement l'expérience de mon esprit. J'étais totalement en arrière dans le temps, de retour au lycée, en retard dans les champs. J'étais complètement déshabillé devant mes amis, imaginant mon cul se faire écraser encore et encore par la fille noire comme je le rêvais depuis des années. Je me fichais que mon cul soit en feu, ou que je regretterais probablement ce que j'autorisais. Je me fichais que ce soit une prostituée noire à peine légale qui me donnait ma douleur ou ma punition. JE M'EN FAIS PAS!

Je n'avais aucune idée du moment où elle a arrêté de me fesser le cul. J'ai dû donner des coups de pied et pleurer sur ses genoux pendant un certain temps avant de reprendre mes esprits. Elle avait recommencé à caresser mes joues. Bien qu'elle soit aussi douce et gentille qu'elle l'avait été plus tôt, ma peau flamboyante picotait de douleur à chaque mouvement de ses doigts, et je grimaçais constamment.

Puis mes yeux s'écarquillèrent lorsque ses doigts glissèrent de mes joues jusqu'entre mes cuisses. M'encourageant à écarter mes genoux, elle se pressa bientôt contre les lèvres de ma chatte et, pour la première fois, je pouvais sentir l'air frais sur son humidité.

"Cet abus t'excite vraiment, n'est-ce pas salope ?"

J'ai caché mon visage dans les draps de honte.

"Rester!"

CHAPITRE V

Je sautai rapidement de ses genoux, enivré par la puissante commande dans sa voix. En une seconde, je me tenais devant elle, les seins rouges et le cul douloureux.

"Écarte tes jambes!"

J'ai fait ce qu'on m'a dit. Elle s'arrêta un moment, attendant que je le fasse.

"Ouvre tes lèvres pour moi !"

Mes doigts tremblaient alors que je descendais et étendais mon sexe huileux pour ma maîtresse noire.

Elle se pencha en avant et m'examina un instant, fixant le rose affiché pour elle. Ses yeux se sont fixés sur mon clitoris, fièrement à sa vue alors qu'elle levait sa main droite vers celui-ci.

Je tremblai lorsque deux doigts glissèrent le long de mes lèvres humides avant de se poser sur mon bourgeon brûlant. Alors qu'elle commençait à frotter mon organe sexuel sensible, je fermai les yeux et me permis de profiter des nouvelles sensations merveilleuses qu'elle me procurait. Au bout d'un moment, ses doigts ont été remplacés par un pouce, les deux doigts pénétrant maintenant dans mon vagin très chaud. Avant que je ne m'en rende compte, j'étais baisée par ses doigts en plein milieu de la pièce. J'ai rouvert les yeux et j'ai regardé avec admiration ses doigts entrer et sortir de ma chatte tandis que son pouce taquinait mon clitoris sauvage.

J'ai du mal à rester debout alors qu'elle bougeait de plus en plus vite, mes genoux s'affaiblissant tandis que la sueur s'accumulait sur mon front. Mes doigts essayant désespérément de maintenir mes lèvres écartées alors que les siens s'enfonçaient de plus en plus vite en moi. Puis au pire moment possible, ils se sont soudainement arrêtés. Une vague de frustration m'envahit alors que mes yeux volaient vers les siens pour une explication sur la raison pour laquelle ma Maîtresse avait arrêté mon plaisir. Ses doigts étaient toujours en moi, mais ne bougeaient plus.

« Baise-les princesse ! »

Pendant un instant, je ne bougeai pas, ne réalisant pas ce qu'elle essayait de me dire de faire.

"Fais bouger ce cul blanc ! Baise-moi les doigts comme la connasse que tu es !"

Je plie les genoux et enfonce ses doigts plus profondément en moi, puis me redresse rapidement. En quelques secondes de plus, je baisais mon chat sur ses doigts pour tout ce que je valais, pleurant avec un plaisir renouvelé.

Encore une fois, je ferme les yeux et m'autorise à imaginer être à l'arrière de l'école. Mes deux amis me regardent maintenant avec choc et dégoût alors que je m'appuie passivement contre le mur tandis qu'une main noire se glisse dans le haut de ma jupe. Le regard de plaisir sur mon visage alors qu'elle ose trouver mon sexe humide et soumis caché en toute sécurité dans ma culotte. Le regard de révolution absolue sur les visages de mon ami alors que je commençais désespérément à baiser en retour.

"Madame, vous êtes vraiment pathétique, vous le savez ?"

Mes yeux s'ouvrent à nouveau à ses paroles, l'illusion dans mon esprit s'évanouissant alors que je la regarde avidement dans les yeux. Finies les images de l'école et des amis. J'étais redevenue une femme d'âge moyen, baisant les doigts lisses d'une prostituée noire pour quatre cents dollars !

Je gémis alors que je baisais encore plus vite, enfonçant rapidement mes hanches le long de ses doigts noirs comme l'imbécile absolu que j'étais. Même lorsque l'ongle de son pouce a commencé à gratter douloureusement mon clitoris, je n'ai pas osé m'arrêter. Tout ce que je pouvais faire était de gémir et de me rapprocher de plus en plus de la libération désespérée.

En un instant, j'avais complètement abandonné mes tentatives de maintenir écartées mes lèvres grasses. Constamment, ils glissaient hors de ma prise. Au lieu de cela, j'ai honteusement porté une main humide à ma bouche et j'ai sucé mes doigts pendant que l'autre jouait avec mes seins encore rougis. J'avais l'impression que mes jambes étaient en feu alors que leurs muscles travaillaient jusqu'au point de s'effondrer, enfonçant mes hanches dans ses doigts.

"Est-ce que c'est ce que font les salopes blanches quand elles se lâchent ? Est-ce qu'elles s'amusent à baiser leurs sales chattes contre les doigts des femmes noires ? C'est comme ça que vous démontrez votre supériorité sur une femme noire, en baisant leurs doigts et en payant pour ça ?"

"OUI MAÎTRESSE!"

"Qu'es-tu?"

Cette fois, il n'y a pas eu d'hésitation car j'ai librement professé mon titre dégradant : « I'm a Dirty Stupid White Racist Cunt !

Soudain, ses doigts se sont retirés de ma chatte juteuse pour permettre la rafale de gifles de chatte qui a immédiatement suivi. Je laissai échapper un cri de douleur inhumaine alors que je poussais désespérément mon bassin pour rencontrer sa main cinglante. En quelques secondes, la douleur et le plaisir m'ont complètement submergé alors que je m'effondrais sur le sol en criant comme un porc, mon corps tremblant et convulsant comme une folle.

Ma Maîtresse a juste regardé depuis le lit les ravages qu'elle avait causés à mon esprit et à mon corps. Tout le temps c'était avec le sourire le plus large. Ne pensez même pas à me demander combien de temps j'ai joui à ses pieds, seulement que c'était comme les moments les plus longs de ma vie.

À un moment donné, j'ai réussi à reprendre mes esprits et je me suis remis à genoux devant elle. Malgré la douleur cuisante dans mes seins, mon cul et ma chatte, tout mon visage brillait. Je n'avais jamais eu d'orgasme comme ça auparavant, et je n'avais jamais été aussi près de vivre mon fantasme le plus profond. Parfois, j'avais vraiment l'impression d'être de retour à l'école, d'être dominée comme je l'aurais souhaité. J'ai rayonné à ma Maîtresse pour m'avoir donné ça et elle a souri chaleureusement en retour, me reconnaissant.

Pourtant, son sourire s'est estompé lorsqu'elle a commencé à tendre les bras vers moi. Alors qu'elle pressait doucement ses mains contre mes épaules, je la laissai me pousser en arrière jusqu'à ce que je sois allongé sur le dos. Je restai passivement allongé là, la regardant se lever et marcher à mes côtés, jusqu'à ce qu'elle se tienne à côté de ma tête au repos. Levant une jambe, elle la plaça sur moi et de l'autre côté de mon visage.

Maintenant, je n'avais pas d'autre choix que de lever les yeux, au-delà de ses jolis mollets, au-delà de ses jolis genoux, au-delà de ses cuisses fermes, jusqu'à sa micro-jupe où reposaient ses lèvres sombres et sans poils. Je pouvais à peine en distinguer les contours et j'ai réalisé qu'il ne m'était même pas venu à l'esprit qu'elle n'aurait pas de culotte.

Elle baissa les yeux sur moi pendant un bref instant, appréciant apparemment la position qu'elle avait maintenant sur moi. Puis, sans ménagement, elle releva sa jupe jusqu'à sa taille. Pour la première fois de ma vie, je regardais le sexe très humide d'une autre femme. Je pouvais le voir scintiller au-dessus de moi alors que je le regardais comme si j'étais en transe. Il m'a fallu un moment avant de réaliser qu'elle abaissait ses hanches vers mon visage.

J'eus à peine le temps de réfléchir car ma tête fut bientôt enfermée entre ses deux fortes cuisses noires. Mes yeux s'écarquillèrent lorsque mes lèvres se pressèrent contre ses lèvres sexuelles. Instantanément, l'odeur du sexe emplit mes narines. L'odeur d'innombrables anciens clients remplit mes poumons. Son jus, qui réussissait toujours à se frayer un chemin entre mes lèvres fermées, portait le léger goût de semence mâle.

J'ai gémi dans sa chatte pour qu'elle descende, réalisant pleinement la dépravation de ma nouvelle position.

« Ouvre ces lèvres pulpeuses, salope. Mets cette langue en moi. » Elle ordonna, mais mes lèvres et ma langue ne bougeaient toujours pas. Ce n'était pas ce que j'avais voulu. Je ne voulais pas goûter la saleté qui se trouvait en elle. Je ne pensais plus à mes années de lycée en tant que fille blanche snob. J'étais totalement concentré sur le fait qu'on me demandait de nettoyer la chatte usée d'une pute ! Ce n'est pas pour ça que je l'avais payée.

Se penchant en arrière, elle saisit mon sein droit en flèche et le serra cruellement. "J'ai dit mange-moi espèce de putain de gouine ! Suce ma chatte comme la putain de salope lesbienne blanche que tu es !"

J'ai ouvert la bouche pour crier à cause de la douleur qui montait de mon sein et j'ai laissé sans le savoir plus de son jus contaminé couler dans ma bouche, recouvrant ma langue et mes dents. Pourtant, je ne l'ai toujours pas mangée, la faisant tendre son autre main pour serrer encore plus fort mes pauvres seins.

Avec un cri étouffé, j'ai lancé ma langue dans son trou chaud et humide, désespéré d'arrêter la douleur. Instantanément, elle serra fort ses cuisses autour de ma tête et encouragea ma langue.

"Bonne fille. Bonne fille blanche. Nettoie cette chatte noire que tu aimes tant. Aspire toutes les cochonneries à l'intérieur. Sois une bonne petite bonne pour ma petite chatte."

N'ayant guère le choix en la matière, j'ai commencé à nettoyer sa chatte usée. Malgré ma répulsion initiale, je me suis résolu à sucer les restes de ses anciens clients payants dans ma bouche. Je pouvais dire qu'elle savourait chaque instant de cela. Ce n'est pas tous les jours qu'elle a une femme blanche entre ses cuisses bien baisées, et ce soir, elle vivait très probablement ses propres fantasmes sombres à mes dépens, littéralement.

Toute mon attention était maintenant centrée sur sa chatte. Je me suis un peu perdu alors que je faisais de mon mieux pour la satisfaire. Oubliant finalement à quel point les liquides qui se déversaient dans ma bouche étaient sales. Au lieu de cela, j'ai lâché ses plis et ses murs comme elle l'exigeait. De temps en temps, elle tendait la main et frappait mes seins pour me faire prêter plus d'attention.

Au moment où elle est finalement tombée de mon visage engourdi, elle avait eu trois orgasmes, et ma gorge et mon ventre étaient recouverts de choses auxquelles je ne veux vraiment PAS penser.

Nous nous sommes tous les deux allongés sur le sol de la chambre d'hôtel pendant un certain temps, sans bouger un seul muscle alors que nous essayions de retrouver notre énergie. Honnêtement, je ne pense pas que j'aurais pu parler si je l'avais voulu, car ma langue était relâchée dans ma bouche. Pendant tout ce temps, ses doigts ont légèrement joué avec mes mamelons encore dressés alors que nous haletions l'un à côté de l'autre.

Je suppose qu'en raison de sa jeunesse, elle a pu retrouver son énergie plus rapidement que moi. Je l'ai regardée du sol alors qu'elle se levait finalement, se ressaisissant uniquement comme une prostituée le pouvait.

Disparaissant dans la salle de bain, soi-disant pour vérifier sa coiffure et son maquillage, elle est rapidement ressortie et m'a regardé un instant, toujours allongée sur la moquette bon marché. Mon visage couvert de ses jus mélangés, mes seins roses flamboyants palpitant sur ma poitrine haletante.

Se tournant vers le canapé, elle aperçut mon sac à main posé dessus et s'y dirigea. L'ouvrant, elle ébouriffa l'intérieur pendant un moment. Je voulais lui dire quelque chose, mais je n'ai pas pu. Finalement, elle retira sa main, serrant encore deux cents dollars.

"Je pense qu'un pourboire s'impose, n'est-ce pas mademoiselle ?"

Je n'ai rien dit, j'ai juste regardé alors qu'elle fourrait les factures dans son décolleté comme avant.

Nous avons passé quelques heures de plus ensemble cette nuit-là. Une partie a été passée à lécher et à sucer ses orteils alors qu'elle se reposait sur le lit, reprenant ses forces. Elle a aussi aimé donner une autre fessée à mes fesses avant de m'ordonner de baiser mon clitoris contre ses orteils jusqu'à l'orgasme. Au début, je me sentais comme un idiot complet pour le faire, mais après un petit moment, je les baisais comme une salope complète. Bien sûr, j'ai dû lécher chaque orteil après l'avoir fait.

En dépit d'être totalement dégradé et utilisé par une prostituée, je ne me suis jamais senti aussi content et aussi vivant que ce soir-là. Ce n'est pas tous les jours que l'on vit un fantasme d'enfance d'une telle manière et cette fille savait exactement ce que je voulais, un peu comment.

Finalement, je suis allé dans la douche pour me laver. Quand je suis ressorti, elle a patiemment attendu que je m'habille, appréciant la grimace de mon visage chaque fois que des tissus touchaient une partie douloureuse de mon corps. Vingt minutes plus tard, nous étions de retour à l'extérieur et dans mon SUV, en direction de son coin de rue familier. Pendant tout le trajet, nous ne nous sommes pas dit un mot.

Quand nous sommes finalement arrivés, elle est sortie avec désinvolture et a fermé la porte derrière elle. Se tournant, elle me regarde avec ce même sourire diabolique, envoyant des frissons dans le dos et se centrant dans ma chatte. J'ai baissé la vitre.

"Je dois admettre que tu as été le tour le plus facile et le plus agréable que j'aie jamais eu."

Je ne savais pas si je devais dire merci ou pas.

"En me réveillant ce matin, je ne m'attendais pas à être payé pour abuser du corps d'une nana blanche. Mais bravo à toi bébé. Si tu connais des salopes racistes excitées, envoie-les-moi par tous les moyens !"

"Euh... ok...." Je doutais sérieusement qu'aucun de mes amis ne nourrisse mes mêmes fantasmes dégradants. Et puis encore...."

"Qu'es-tu?" Elle commanda, toujours avec le sourire mauvais et séducteur. J'ai rougi lorsque plusieurs autres prostituées l'ont remarqué.

"Je suis...."

"QU'ES-TU?"

Je baisse les yeux vers le siège passager : "Je suis un con blanc raciste stupide !"

Plusieurs des autres filles se sont arrêtées à mi-chemin en entendant sans aucun doute mon aveu humiliant. Mais je n'ai osé regarder aucun d'entre eux, même après avoir entendu quelques rires.

"Que tu es une petite fille, que tu l'es. A bientôt, madame."

Et comme ça, elle a fait demi-tour et s'est éloignée à grands pas dans la rue à la recherche de la prochaine voiture errante. C'est tout ce que j'étais vraiment pour elle, un autre truc. Une seconde plus tard, ma voiture a tourné au coin de la rue et elle était hors de vue. Moins d'une heure plus tard, j'étais de retour à la maison. Là où personne ne voudrait jamais me faire de mal. De retour à l'endroit où l'amour était gratuit et inconditionnel. Là où les filles noires n'ont jamais osé entrer pour me punir. Je étais à la maison!

Enlevant mes vêtements, je me glissai prudemment à côté de mon mari dans le lit, enroulant mes bras autour de son corps endormi. Mes seins me faisaient mal alors qu'ils se pressaient contre son dos nu, me rappelant comment ils étaient arrivés comme ça. Un sourire s'est glissé sur mon visage et un picotement s'est formé entre mes cuisses avant que je ne tombe dans un sommeil béat et satisfait. Un sommeil rempli de nouveaux rêves de stupides chiennes blanches racistes obtenant exactement ce qu'elles méritent par des renardes noires sexy.

FIN

41

DÉSIR SEXUEL
ERIKA SANDERS

43

Mon amour, je veux que tu t'assois devant ton ordinateur et que tu montres une image, une pièce visuelle, comme une chatte.

Pas le visage et le corps, seulement les genoux pliés et les jambes ouvertes.

Avec de longs et beaux doigts élégants qui séparent légèrement les lèvres vaginales.

Imaginez que j'entre et m'assois à ce bureau entièrement habillé.

Mais puisque votre chaise a des bras, je place mes pieds vêtus de chaussures en cuir noir à talons hauts, d'un cache-chevilles et d'orteils pointus de chaque côté de vous.

Vous vous penchez en arrière et souriez et je m'allonge en souriant aussi.

Je soulève ma robe mince noire et soyeuse et vous voyez que ma culotte manque et que l'éclat de mon humidité dans ma fente est déjà perceptible.

Vous verrez la pointe d'un corset noir auquel les bas sont également attachés.

Je soulève ma robe à deux mains, la passe sur ma tête et dévoile le corset en cuir de quelques centimètres de large.

Mes mamelons sont dressés et hauts car ils dépassent du haut.

Vous vous inclinez, mais je suis ici pour jouer avec vous et je porte mes chaussures pointues pour vous garder où vous êtes.

Je vois une bite qui grandit sensiblement et qui doit sortir de son pantalon et vous demande de le décompresser.

Je passe ma langue sur mes lèvres sur toute sa longueur, souriant, tandis que tu glisses sur mon pantalon.

La tête de ton sexe dépasse de ton boxer et celui-ci a lui aussi un éclat un peu exigeant.

C'est comme ça pour une bonne raison.

Cette vue de ta bite dressée m'excite soudain et je te demande de me lécher.

Vous vous penchez en avant et faites-le, séparant légèrement mes lèvres pour trouver mon clitoris.

Vous le prenez dans votre bouche, il ressort donc un peu plus.

J'avais juste besoin de ce contact de ta langue pour m'en obtenir cent.

Alors que je m'installe, je vous demande de prendre votre bite avec votre autre main et de la caresser légèrement.

Oui, mais je peux vous dire que vous en avez besoin de plus, ce n'est pas suffisant.

Je vous force à vous mettre à genoux pour vous prendre pleinement dans ma bouche, en alternant en léchant de la base vers le haut, de haut en bas et de retour aux boules, en léchant l'intérieur de l'endroit où se situe l'entrejambe.

Vous aimez ce que vous voyez quand je suis à genoux, mon cul est aussi mince que quelques centimètres de large et mon anus est serré et confortable.

Je me relève parce que je m'approche trop du point culminant.

Je te tire sur tes pieds et ton pantalon passe devant tes genoux.

Vous avez toujours vos chaussures, votre cravate toujours nouée mais votre chemise déboutonnée jusqu'en bas.

J'adore avoir besoin de voir autant de peau que possible.

Maintenant que vous êtes debout, je vous demande de me tourner le dos.

Ouvrez suffisamment vos jambes pour vous agenouiller derrière vous.

Ma langue lèche tes jambes, léchant tes couilles et jusqu'à la fente de ton cul, léchant et tournant ta langue autour de ton anus.

Je prends un vibromasseur dans mon sac et demande si je peux l'utiliser sur toi, mais avant de répondre, je le mets contre ta peau.

Avec ma bouche, j'ai laissé de la salive sur tout le cul pour que tu aies tout lubrifié.

Je le mets à basse vitesse et le fais passer à travers tes couilles et entre les boules et ton trou du cul.

Mon autre main court entre tes jambes et attrape ta bite, la caresse et la caresse.

Le vibrateur se sent bien dans ton cul.

Je le mets à côté de ton anus et glisse l'un des deux bouts, le fin, qui est aussi mon préféré.

Il glisse à l'intérieur et je mets l'autre extrémité plus vers le centre, derrière vos balles, encore une fois, voyant comment la sensation vous porte à un autre niveau.

Vos mains agrippent le bureau et vos yeux sont fermés pour céder à tout ce que je veux faire.

Mais je reste comme ça, caressant un peu alors que je laisse le buzz vous faire vous demander ce qui va se passer ensuite.

Je m'arrête brusquement et vous dis de faire demi-tour.

Vous le faites et votre visage est rouge.

Vous appréciez vraiment cela et vous vous rapprochez de l'état que vous voulez.

Mais je préfère ralentir pour te ramener dans ma bouche.

Je suis aussi sexy que l'enfer et je perds un peu de contrôle.

Alors je vous fais rasseoir et je m'agenouille devant vous et je vous demande de vous caresser, mais lentement.

"Caresse mon amour."

Alors que je m'agenouille devant toi et m'allonge sur mes talons.

J'allume le vibrateur et le frotte à l'extérieur de mon vagin, sur le clitoris.

Cela me prend moins d'une seconde pour atteindre l'orgasme.

Mes jambes et mes genoux sont ouverts et je jette ma tête en arrière, étirant ma chatte avec mes mains en voulant que vous voyiez les muscles de mon orgasme bouger.

Je tiens le vibrateur jusqu'à ce que j'aie fini et que mon propre jus déborde.

Je te regarde et tu te masturbes, augmentant le rythme.

Votre rythme s'est accéléré et c'est tellement excitant que je m'agenouille, vous suppliant de jouir sur mon visage et ma poitrine.

Et oui, certainement, vous le faites.

Je vois comment les jets de ton lait me parviennent.

Mais, vous finissez par lancer les jets sur l'écran de l'ordinateur et sur le clavier.

Nous vous disons au revoir jusqu'à une autre fois et vous éteignez la webcam.

FIN

ACCUEIL HUMIDE
ERIKA SANDERS

Glenn rentre à la maison après une dure journée de travail et laisse sa serviette et son manteau près de la porte.

Il trouve la maison inhabituellement calme mais ne lui prête pas beaucoup d'attention et se dirige vers la pièce.

En montant à l'étage, vous sentez le merveilleux parfum du parfum de votre épouse bien-aimée Susan.

Lorsqu'il atteint le palier, il entend de faibles bruits de musique s'échappant légèrement par la porte de sa chambre.

S'assurant de ne pas faire de bruit, il ouvre lentement la porte.

"Susan?" dit-il d'une voix masculine assez grave.

Alors que la porte s'ouvre de plus en plus, la vue de son corps nu allongé sur le lit le fait frissonner.

"Oui bébé." dit-elle d'une voix sensuelle.

Il commence à s'approcher du lit, mais elle lui fait signe de s'arrêter.

Intrigué, il fait ce qu'il lui dit en sachant qu'elle a quelque chose en tête.

Elle sort du lit.

Son corps bouge avec une grande grâce.

Il ne peut s'empêcher d'être fixé sur sa délicieuse poitrine se déplaçant légèrement alors qu'elle se dirige vers lui.

Il sent sa bite durcir quand ils traversent ses pensées

"Elle est tellement belle".

Elle tend la main et déboucle sa ceinture.

Aussi le pantalon, il les déboutonne et les abaisse.

Cela le fait trembler d'émotion.

Alors qu'elle le voit tellement excité, il sourit et tire son boxer avec un besoin affamé de sucer son membre dur.

Elle pose doucement ses mains sur son sexe maintenant dressé, le caressant lentement.

Puis elle sort sa langue et lui lèche la tête avant de la placer dans sa bouche.

Il gémit quand elle commence à sucer sa bite dure.

Le faire entrer et sortir de sa bouche de plus en plus vite.

Puis il revient lentement à un rythme lent et tourne sa langue autour de la tête tout en la caressant avec sa main.

Il gémit tandis que sa main caresse la tête rose de son sexe.

Puis il lèche ses couilles jusqu'au bout de son sexe.

Elle le sort de sa bouche et se lève pour l'embrasser passionnément alors qu'il enlève sa chemise.

Il enroule ses bras chauds autour d'elle, la tirant près de lui, sentant ses seins pressés contre sa poitrine.

Alors qu'ils s'embrassent, leurs mains parcourent son corps en sentant sa peau lisse sous le bout de leurs doigts.

Ses mains bougent sur ses fesses et elle le serre fort.

Il lui lève le cul, enroule ses jambes autour de sa taille et se déplace vers le lit.

Il la pose doucement et se déplace sur elle.

Il l'embrasse profondément, jusqu'au cou et à la poitrine.

Léchez lentement autour de son sein droit de plus en plus près de son mamelon maintenant dressé.

Il place son mamelon dans sa bouche et le suce en le mordant doucement.

Se déplaçant vers l'autre sein, il se penche et commence à frotter son clitoris, lui faisant augmenter sa respiration et commencer à gémir légèrement.

Il se frotte plus vite alors qu'il l'embrasse sur le ventre en se concentrant sur son nombril.

Elle se sent très mouillée et sa respiration s'accélère.

Il embrasse son mignon monticule puis remplace ses doigts par sa langue.

Sucer doucement et mordre son clitoris.

Cela l'envoie dans une vague de plaisir en gémissant.

Puis elle insère un doigt qui traverse les lèvres de sa chatte gonflée à cet endroit secret et glissant.

Il fait glisser son doigt vers l'intérieur et l'extérieur lentement puis se précipite en insérant un autre doigt pendant qu'elle gémit.

Il continue de se concentrer sur la succion de son clitoris alors que ses doigts martèlent précieusement cet endroit spécial en elle qu'il sait la rendre absolument folle.

Elle gémit fort et picotements de sa jambe droite et autour de son corps et dans sa jambe gauche.

"Oh bébé!" elle gémit, "C'est si bon!"

Glenn sait que si elle continue comme ça, elle ira certainement à la limite, alors elle ralentit et embrasse son corps pour dévorer sa bouche.

Ils partagent un baiser passionné.

Leurs langues dansent ensemble.

Enlevant ses doigts de sa chatte humide maintenant trempée, il commence à masser son sein droit.

Ses gémissements réprimés par des baisers.

Le baiser se brise et elle lui murmure à l'oreille:

"J'ai besoin de toi en moi, chérie."

La mention de sa bite dure se glissant dans la chatte humide de son amant le fait grogner de désir et bouger sur elle.

Écartant ses jambes avec ses hanches, il se positionne pour entrer en elle.

Jouant avec, il n'insère que la tête puis se retire lentement.

"S'il vous plaît, donnez-moi tout." elle le supplie, mais il prévaut et suit le rythme du jeu en ne mettant que la pointe et en la retirant quand elle commence à gémir.

Enfin, à un moment inattendu, il conduit son membre dur tout le chemin pour la faire crier.

Il commence à pousser et à sortir d'elle lentement avec de longs coups durs.

Il commence à caresser plus fort et plus rapidement en tirant sur ses fesses pour une pénétration plus profonde.

"Oh mon Dieu, tu te sens si bien en moi. Je t'aime tellement quand tu me baises la chatte."

A cela, il grogne et se retire soudain.

Il lui fait signe de se retourner et elle le fait rapidement avec un sursaut d'émotion.

Il sait que venir par derrière est l'une de ses positions préférées et il aime aussi le lui donner comme ça.

Il insère sa bite en elle et commence à pousser fort et vite.

Elle gémit bruyamment, lui disant plus fort.

Il aime baiser sa charmante femme, alors il commence à devenir plus dur avec elle.

Son corps et ses couilles frappent contre son cul maintenant rouge.

Elle commence à repousser ses poussées, faisant couler son sexe plus à l'intérieur.

Les deux gémissent de plaisir.

"Oh, je vais venir, bébé. Es-tu prêt pour mon lait?"

"Oh ouais bébé, je vais aussi jouir."

Quelques coups de plus et Susan hurle de plaisir et son corps commence à trembler quand son orgasme la submerge.

Glenn sent que les parois de sa chatte commencent à traire sa bite et elle ne peut plus le supporter.

Grondant son nom, il tire son sperme chaud au fond de sa chatte maintenant crémeuse et humide.

Épuisée par son explosion, Susan se repose sur ses coudes quand elle le sent gicler encore quelques giclées de sperme en elle.

Satisfait, et essayant de ne pas tomber sur elle, il se retire lentement de sa chatte et l'attrape par la taille, la tirant sur le lit avec lui.

Ils se regardent dans les yeux, tous deux obscurcis par les puissants orgasmes qui venaient de traverser leur corps il y a quelques secondes à peine.

Une satisfaction de connaissance mutuelle persiste dans la pièce alors que les deux s'endorment dans les bras l'un de l'autre.

FIN

57

HABILLÉ POUR L'OCCASION
ERIKA SANDERS

Le silence de la nuit l'entourait, la pressant de sa sérénité, essayant de calmer son anxiété.

Cependant, cela ne pouvait pas la calmer.

Des sentiments effrénés auxquels elle n'était pas habituée, et qu'elle n'avait jamais éprouvés auparavant, ont envahi son corps, la rendant nerveuse.

Ses talons claquèrent doucement le long du chemin pavé alors qu'elle regardait le ciel.

Pourquoi tu vas là ce soir?

Pourquoi s'était-elle habillée comme ça?

Je pouvais sentir le pouvoir que son regard avait sur elle.

Elle soupira et permit à son esprit de cesser de penser aux événements qui pourraient se produire ce soir.

* * *

C'était comme si chaque regard était sur elle lorsqu'elle entra dans la pièce.

Ses talons aiguilles claquèrent contre le plancher de bois franc alors qu'elle traversait la piste de danse et s'approchait du bar.

La jupe de sa tenue rouge et noire se balançait d'un côté à l'autre à chaque pas, la bande rouge coulant contre son genou tandis que la noire reposait à quelques centimètres au-dessus.

Le chemisier pendait librement sur ses épaules, le long de ses seins, rebondissant suffisamment pour attirer l'attention à chaque pas qu'elle faisait et montrant une généreuse proportion de peau.

Et sans soutien-gorge.

Elle savait à quoi elle ressemblait dans cette tenue.

Elle ressemblait à un renard.

Elle avait fini le look avec un tour de cou en dentelle noire autour du cou et juste une touche de rouge à lèvres rouge.

Elle s'est assise entre un homme et une femme et a souri au serveur.

"Bonjour James"

"Samy. Comme c'est bon de te revoir." Il laissa ses yeux glisser lentement sur son visage et ses seins. "Très bien en effet. Et pour qui est l'occasion?"

Elle secoua la tête et sourit, faisant tomber une boucle de boucle sur son oreille.

"Aucune chance. Je voulais juste m'habiller comme ça."

Il tendit la main au-dessus du bar et plaça la boucle derrière son oreille.

Ses doigts effleurèrent le côté de sa joue et elle oublia presque de respirer.

"Tu devrais t'habiller comme ça plus souvent."

"Peut être que je le ferais."

"Je quitte le travail maintenant la nuit vers onze heures. Voudriez-vous danser plus tard?"

Elle hocha lentement la tête, incapable de détacher son regard du sien.

Avec une précision très lente, il se pencha au-dessus du bar et porta ses lèvres aux siennes, approfondissant suffisamment le baiser pour lui donner envie de plus avant de s'éloigner.

"Environ vingt minutes."

* * *

Ces vingt minutes n'avaient jamais semblé plus longues dans la vie de Samy.

Elle regardait tout autour d'elle tout le temps conscient de chaque mouvement qu'il faisait sans même le regarder.

C'était comme si ses sens étaient à l'écoute de son corps, mais elle sursauta quand il la toucha sur le dos de l'épaule.

Il avait déboutonné le col de sa chemise noire et lui souriait en lui tendant la main.

"Je pense que tu me dois une danse."

Quand elle a placé sa main dans la sienne, c'était comme si une petite décharge d'électricité avait traversé son corps.

Il a souri en la portant dans un coin de la piste de danse, puis l'a tirée plus près de son corps lorsque la chanson a changé.

C'était lent et séduisant, et son rythme cardiaque semblait correspondre à son cœur alors qu'elle se pressait contre lui.

Et déjà tout à coup, elle était très consciente des contours durs qui ondulaient contre son corps mou.

Elle glissa ses bras autour de lui, pressant ses courbes lisses du dos avec ses mains alors qu'elles se balançaient d'un côté à l'autre.

Il se pencha et pressa ses lèvres contre les siennes, les séparant doucement et la séduisant avec sa langue.

Sa main glissa plus bas dans son dos, reposant sur sa hanche, glissant suffisamment bas pour caresser une joue de son cul alors qu'il tirait son bas du corps contre le sien.

Elle haleta en sentant à quel point il se pressait vraiment contre elle et elle aurait juré l'avoir entendu gémir.

Mais comme il l'a fait, l'autre serveur l'a appelé et il a soupiré, baissant la tête en arrière.

"Samy ... je reviens. Je jure que je le ferai. N'allez nulle part."

Elle hocha la tête un peu bêtement en quittant la piste de danse et pénétra dans une cabine isolée.

Il vit James retourner au bar et se pencher à nouveau sur lui, parlant à Joseph.

Joseph était le barman remplaçant de la nuit.

Il a toujours pris le relais lorsque James a pris sa retraite.

Quand il a vu une grande blonde aux longues jambes se joindre à eux, il a réalisé quelque chose.

Ce n'était pas ce genre de fille.

Je n'avais aucune idée de ce que je faisais.

James était le type d'homme qui était toujours disponible pour n'importe quelle fille, n'importe quelle fille grande, blonde et super sexy.

Et elle était petite, sombre et latine.

Elle est partie en courant.

Aussi vite et silencieusement qu'il le pouvait.

Il se dirigea vers la porte et quand il regarda par-dessus son épaule, il vit la blonde se pencher près de James et glisser ses doigts le long de son bras.

Elle soupira et secoua la tête alors qu'elle continuait son chemin.

Ce ne serait pas bien de s'arrêter et d'y penser.

Ses pieds ont commencé à lui faire mal aux talons, alors elle les a enlevés et s'est détournée du chemin pavé, laissant ses pieds la guider vers la rive qu'elle connaissait si bien.

Il plongea ses pieds dans la berge et regarda simplement l'eau pendant longtemps.

"À quoi je pensais?" Elle a finalement murmuré.

"C'est ce que j'aimerais savoir."

Elle a presque crié en se retournant.

James se tenait derrière elle, les bras croisés avec colère et fronçant les sourcils.

Mais le froncement de sourcils fut lentement remplacé par un air de confusion et d'inquiétude.

"Samy, tu pleures. Qu'est-ce qui ne va pas avec toi?"

Elle détourna les yeux de lui et traversa la rivière jusqu'à l'autre rive herbeuse.

"Tu n'aurais pas dû. Tu n'aurais pas dû venir au bar ce soir habillé comme ça. Tu n'aurais pas dû penser que tu avais une chance."

"Samy, de quoi tu parles?"

Il tendit la main et posa sa main sur son épaule.

Elle tremblait, elle avait froid.

Il enleva rapidement son manteau et le passa sur ses épaules, tirant derrière elle pour se frotter les bras.

"Tu étais magnifique là-dedans. Je pense que j'ai oublié comment je devais respirer quand tu es entré."

"J'ai vu les femmes avec qui tu es habituellement. Je ne suis pas comme elles, James. Je ne suis pas élégante ou super sexy. Je ne suis pas blonde, ni grande, ni à longues jambes, ni un corps parfait comme elles. Je n'ai pas de solution dans contre cela. Je ne savais même pas ce que je faisais. " Elle finit par un murmure.

"Vraiment? Tu aurais pu me duper là-dedans."

Il la tourna vers lui et se pencha en avant, pressant ses lèvres contre son cou.

Elle frissonna.

"Ton corps était parfait lorsque tu m'as pressé contre toi sur cette piste de danse."

Elle tendit la main et prit sa poitrine en coupe, traçant le contour de son mamelon à travers son chemisier.

Cela la fit frissonner un peu.

"Ils semblaient sûrement savoir ce qu'ils voulaient faire quand nous nous embrassions et nous pressions."

Il s'est penché sur elle et l'a forcée à se coucher jusqu'à ce qu'elle soit allongée sur le sol.

"Laisse-moi te montrer, Samy. Laisse-moi te montrer que tu es plus que tu ne le penses."

Ses lèvres glissèrent contre les siennes avant de glisser le long de son cou et sur le chemisier fin qui couvrait ses seins.

Son souffle se bloqua dans sa gorge alors que ses lèvres trouvèrent un mamelon d'abord, puis l'autre, les suçant lentement alors qu'elle se cambrait à son contact.

Ses doigts ont habilement trouvé l'ourlet de son chemisier et ont commencé à la soulever lentement, taquinant sa peau quand elle a été révélée.

Il la souleva devant ses seins et la tint juste au-dessus d'eux tandis qu'il embrassait son sein droit, savourant sa peau.

Elle gémit quand James porta finalement ses lèvres à la crête de son sein, prenant le mamelon entre ses dents et tirant doucement dessus avant de le sucer.

Elle gémit encore plus fort alors que sa main commença à pétrir son autre sein, faisant rouler à plusieurs reprises sa paume sur son mamelon.

"Tu vois?" Il souffla contre sa peau. "Tu es la femme parfaite".

Il a commencé à l'embrasser en descendant, encerclant son nombril avec sa langue.

James lui sourit en attrapant sa jupe et au lieu de la baisser, il la releva.

La partie avant se replia et dans l'instant suivant, elle déposa de doux baisers ludiques le long de son monticule chaud au-dessus de sa culotte.

Elle était déjà mouillée.

Elle pouvait le sentir à travers sa culotte alors qu'il se frottait le nez contre elle.

Elle trembla sous lui et il caressa doucement ses doigts de haut en bas alors qu'il utilisait ses dents pour faire glisser la culotte.

Il l'embrassa à nouveau, sans barrière entre ses lèvres et sa chatte.

Il a commencé à glisser sa langue le long de sa fente et elle a gémi, ses hanches se courbant sauvagement de sorte qu'il a enfoncé sa langue profondément en elle, la traçant sur son clitoris.

Samy gémit et se cambra contre sa langue, le plaisir la parcourant tandis qu'il se brossait les dents contre son clitoris et glissait un doigt en elle.

"J'ai menti," souffla-t-il contre son clitoris. "Je n'ai pas juste oublié comment respirer."

James suça doucement son clitoris, son doigt pompant dans et hors de sa tension.

"Je suis presque venu dans mon pantalon juste pour te voir avant."

Ses doigts agrippèrent ses cheveux, et il sourit contre sa chatte alors qu'il glissait un deuxième doigt en elle, passant sa langue sur son clitoris à plusieurs reprises jusqu'à ce que son corps tremblait sous sa bouche.

Ses doigts la caressaient, à l'intérieur et à l'extérieur, l'excitant, persuadant son corps de répondre jusqu'à ce qu'elle se balance contre sa main et sa langue.

"James," sa voix faillit échouer quand elle se tordit dans sa main. "S'il te plaît, ne t'arrête pas maintenant!"

Ses mots sont sortis sur un ton doux de complicité, mais ont rapidement augmenté de volume quand elle a crié de plaisir.

Il mordait doucement son clitoris et le suçait maintenant fort, et ses doigts poussant à l'intérieur d'elle prenant son apogée.

Il lécha son jus avec impatience et quand le tremblement de son corps ralentit,

Quand il eut fini, il se dirigea vers elle.

Il sourit et posa son front contre le sien, laissant son corps frôler le sien alors qu'il la regardait dans les yeux.

"Je te l'ai dit, tu es aussi féminine qu'eux, sinon plus."

Ses yeux brillèrent avec quelque chose qui aurait pu être mis en doute alors qu'il regardait dans les yeux de James, mais ensuite il laissa ses doigts courir le long de sa poitrine et descendre vers le renflement dur de son pantalon.

"Est-ce pour ça que tu as tant de mal?

Pourquoi suis-je une femme comme eux? "

Ses doigts frôlèrent de haut en bas son sexe, et il ne put s'empêcher de gémir qui glissa le long de ses lèvres.

Cependant, il n'avait aucune chance de répondre alors que ses lèvres rencontraient les siennes et toutes les pensées étaient effacées de son esprit.

Ses doigts glissèrent sur sa poitrine et il commença habilement à déboutonner sa chemise.

Il la sortit rapidement de son pantalon et le poussa de côté alors qu'il tirait sur sa chemise pour l'enlever complètement.

Le bouton de son pantalon s'ouvrit brusquement et la fermeture éclair glissa presque d'elle-même.

Elle baissa son pantalon et son boxer juste assez pour libérer sa queue et enroula sa petite main autour d'elle, la caressant lentement de sorte qu'il grogna et pressa avec anxiété contre sa main.

Il grogna d'agacement et se leva, enlevant son pantalon et son boxer en un seul mouvement et se tournant vers elle.

Elle était maintenant à genoux et lui sourit alors qu'elle enroulait de nouveau sa main autour de lui.

Il se pencha sur elle, la caressant lentement, fermant les yeux.

Le moment suivant, cependant, il les ouvrit tandis que ses lèvres s'enroulaient autour de son sexe, les faisant lentement monter et descendre sur son membre dur.

Il posa maintenant ses mains sur l'arrière de sa tête et commença lentement à la pousser dans et hors de sa bouche, gémissant alors qu'elle le suçait à chaque mouvement.

Les coups doux ne tardèrent pas à devenir rapides et courts, Samy le suça plus fort s'il secoua la tête plus vite.

Sa main caressait ses couilles, les faisant rouler d'avant en arrière tandis que sa bouche se resserrait autour de lui.

Quand elle jouait avec sa langue sur la tête de son sexe, il a explosé dans sa bouche.

Elle déglutit rapidement quand il l'envoya gicler, pressant sa bouche et sa gorge contre son sexe le faisant jouir encore plus fort et avec plus de jets, jusqu'à ce qu'elle finisse par s'épuiser.

Il sortit lentement le sexe de sa bouche et laissa tomber son regard sur le sol.

Il tomba à genoux devant elle, plaçant sa main contre sa joue.

Ils étaient juste à un pas lorsque le doigt de James traça le côté de son visage, enfonçant son doigt sous son menton et levant les yeux vers le sien.

"Nous n'avons pas encore fini."

Sa voix était si basse qu'elle eut des frissons le long de sa colonne vertébrale alors qu'elle le regardait avec étonnement.

Il se pencha et pressa ses lèvres contre elle, approfondissant rapidement le baiser.

Alors que sa langue glissait le long de ses lèvres, une main glissa derrière elle, l'attirant contre lui pour qu'elles soient viande contre viande.

Ses mamelons se pressèrent joyeusement contre sa poitrine, et sa nouvelle érection se pressa fortement contre ses abdos inférieurs.

Elle bougea et frotta lentement son corps contre lui, le faisant gémir quand son baiser devint fébrile.

Il la recoucha et fit glisser sa jupe sur ses jambes.

Il la regarda un long moment avant de bouger.

Il se pencha à nouveau sur elle et l'embrassa légèrement sur le ventre, juste au-dessus du nombril.

Il sourit contre sa peau chaude et commença à embrasser vers le haut, à l'inverse de ses actions précédentes.

Ses lèvres jouaient à peine contre ses seins avant de s'installer sur son cou et de caresser son rythme cardiaque.

Il palpitait entre ses jambes, son membre pressant contre sa fente humide alors qu'elle enroulait ses jambes autour de sa taille et il glissa ses bras autour d'elle.

Dans un mouvement rapide, James était assis avec elle sur ses genoux et, si possible, pressant encore plus sa bite contre elle.

Elle se tortilla un peu et il grogna.

Il l'embrassa juste en dessous de son oreille et tira doucement sur son lobe.

"Dis-moi, Samy, tu le veux?"

Son souffle était chaud contre sa peau et elle tremblait.

"Voulez-vous que ma grosse bite dure soit enterrée au fond de vous?"

La réponse de Samy ressemblait presque à un gémissement lorsqu'elle se frottait contre lui.

"Oui. S'il te plait, James, je veux ça depuis ..." mais elle s'arrêta rapidement, une rougeur toujours sur ses joues et détourna les yeux.

James n'en avait aucune idée.

Il repoussa son regard vers le sien et appuya son érection contre elle.

"Termine ce que tu disais."

Elle gémit et ses ongles s'enfoncèrent légèrement dans sa peau.

"Je le voulais depuis que je t'ai rencontré."

"Alors dis-moi combien tu en veux."

Ce n'était pas une demande, plutôt une demande alors qu'il glissait ses doigts le long de ses seins, pétrissant lentement sa chair.

Il pouvait sentir sa chaleur irradier contre son sexe, et il faisait de son mieux pour ne pas simplement la jeter et la prendre.

Sa réponse le surprit et brisa toute la maîtrise de soi qu'il avait utilisée.

"Je n'en veux pas. J'en ai besoin, James."

Ses yeux étaient fixés sur le sien maintenant, et il gémit doucement contre sa peau alors qu'elle se pressait plus près.

"J'en ai tellement besoin, j'en rêve depuis si longtemps. S'il te plait. J'ai besoin que tu me baises."

Je ne pouvais plus le nier.

Il ne pouvait plus se contenir après ça.

Il la souleva jusqu'à ce que la tête de son sexe se presse contre son ouverture, puis la laissa rapidement tomber sur elle.

Ils grognèrent tous les deux.

Sa chatte était si serrée autour de sa bite que quand il a commencé à la déplacer de haut en bas sur son membre, sa longueur dure semblait encore plus grande enfermée en elle.

Elle gémit et en utilisant ses jambes pour tirer parti, elle a commencé à sauter sur sa bite.

Ses seins rebondirent librement contre lui et ses tétons l'appellent alors qu'il se penche en avant et commence à sucer.

Elle gémit et commença à sauter plus vite sur sa queue, se propulsant encore et encore.

Ses lèvres taquinaient ses mamelons, les attiraient et les suçaient, puis passaient sa langue sur elles et grignotaient alors qu'elle rebondissait avec ses rebonds, gémissant contre sa peau, envoyant des vibrations à travers ses morsures.

Sa chatte était si humide que l'humidité coulait sur son sexe, et il grogna alors qu'elle resserrait intentionnellement sa fente autour de lui, le faisant lui résister davantage.

Il les a renversés tous les deux pour qu'elle soit à nouveau sur le dos sur l'herbe et a commencé à lui pilonner la bite à l'intérieur et à l'extérieur.

Samy gémit encore plus fort, ses ongles la ratissant alors qu'une autre poussée forte la repoussa vers son point culminant.

Le spasme serré autour de sa bite fit rapidement jouir James aussi et il claqua encore plus vite contre elle, grognant alors que son sperme chaud la remplissait jusqu'à ce qu'il déborde sur ses cuisses.

Il tomba sur le côté, haletant.

Puis il la tira vers lui, laissant de doux baisers sur le côté de son visage.

"Maintenant, est-ce que ce sera encore cinq ans avant que tu sois assez courageux pour recommencer?"

Il sourit et embrassa le coin de ses lèvres.

"Jamais, James."

Samy sourit et frotta ses lèvres contre les siennes.

"Bien, parce que je ne pense pas pouvoir te retirer les mains plus d'un jour ou deux."

Le rire de Samy résonna à travers le lac, et James sourit alors qu'il se redressait et l'embrassait profondément.

Cela pourrait certainement être le début de quelque chose de très intéressant.

FIN